3年2組は
牛を飼います

班上養了一頭牛

木村節子／著　相澤路得子／繪　周姚萍／譯

小天下

目錄

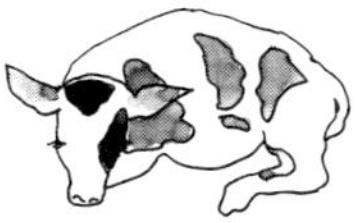

｜作者簡介｜

木村節子（木村セツ子）

出生於日本福井縣，日本兒童文學者協會會員。著有《鼴鼠的太陽眼鏡》、《瀧野的雨天故事》、《「坂岡」是我們出發的第一站》等書。

｜繪者簡介｜

相澤路得子（相沢るつ子）

出生於日本東京，畢業於東京藝術大學美術學院藝術系，日本兒童出版美術家聯盟會員。創作的圖畫書有「小滾滾」系列等。插畫作品有《不是朋友嗎？》、《再見，我的朋友》、《解救》、《藍天下的七個人》等書。

｜譯者簡介｜

周姚萍

兒童文學工作者，創作小說、童話，並翻譯日文童書。著有《大巨人普普》、《妖精老屋》、《山城之夏》等書。

班上養了一頭牛

1 海報上的小牛

這是個四面環山的小鎮。

今年四月，真優升上小學三年級了。

真優就讀的茅花台小學，位在小鎮外的山丘上。從大馬路轉進去，還要爬一段長長的斜坡，才能到達學校。爬坡很累人，所以，有些孩子常在半路停下來休息，原本結伴上學的人，也很容易走著、走著就散了。

不過，真優已經可以一邊跟美季聊天，一邊一口氣爬完斜坡。真優和美季一、二年級同班。升三年級重新編班時，她們又一起進了二班。

她們兩個人很喜歡天南地北聊漫畫、聊電玩、聊明星八卦。不過這陣子，她們聊的幾乎都是同一個話題。像是今天早上，美季就對真優說：

「一班已經在蓋小雞的雞舍，三班也早就整理好花圃了，只有我們什麼都還沒有，真煩！」

「是啊，今天都五月十三日了，到底什麼時候才要決定啊？」真優也小聲咕噥著。

茅花台小學從多年前開始，就讓孩子透過養動物或種植物，進行多元學習。所以每到四月，每年級的每一班都得決定要養什麼動物或種什麼植物。

不過，三年二班一直還沒討論出結果。

「都是直也害的啦，別人說要養什麼，他都有意見，真是個自大狂。」美季說。

她「啪」的一聲折下路邊的小樹枝，看著正在發呆的真優，很同情的說：

「妳竟然受得了坐在他旁邊，要是我才沒辦法呢！」

真優很有感觸的點點頭。坐在她旁邊的，是今年剛跟她們編進同

一班的石田直也。他一張圓嘟嘟的臉晒得黝黑，黑豆般的眼睛老是骨碌、骨碌轉。

開學那天，他一進教室，一骨碌坐下來，看都沒看真優一眼，就把桌子當成鼓，砰砰咚咚敲起來。

「不要敲了，很吵吔！」真優嚇了一大跳。

直也卻滿不在乎的說：

「妳不知道這首歌現在很紅嗎？」

他繼續砰砰咚咚敲個不停。

開始上課後，他還是吊兒郎當的，根本沒認真聽課，不只忙著算今天的運勢，還一下子轉鉛筆，一下子在筆記本上畫甲蟲和毛毛蟲嚇

真優。

而且，他常常忘記帶東西到學校來。一遇到這種狀況，他就靠過去跟真優借。借鉛筆或橡皮擦也就算了，甚至連課本都要和真優一起看，還完全不管真優，任意把課本扯過去或亂翻一通。

「沒辦法，我已經拚命叫自己不要忘記，偏偏還是忘記了。」他還說得理直氣壯。

前不久，美季替真優打抱不平，很嚴厲的對直也說：

「你要是再不認真讀書，不但會對別人造成困擾，將來長大了也會很慘喔。」

直也發出「嗄」的一聲，然後對美季說：「不用妳操心。我呢，

長大後會變成昆蟲博士和動物博士。我的成績是很爛啦，不過呢，不管是蟬，還是鍬型蟲，我都了解得很透徹，所以，不讀書還是能當博士，哪會慘呢？」

自大的直也，只要同學一提出要養什麼、種什麼，他都有意見。

「花又不會動，種花太無聊了。我們應該養那種又會動又會叫的，那才好玩。」

「不要養小雞啦，小雞只會嘰嘰叫，吵都吵死了。」

「要養青蛙和烏龜，在家養就行了。喔，拜託！大家想點更酷的嘛！」

大家都不知道說什麼好，出點子的人也愈來愈少了。

爬上坡道頂端，眼前一片開闊。

櫛比鱗次的屋頂那端，是廣闊的田野，再過去，河流在陽光下閃閃發光。湛藍的天空下，矗立著白靄靄的日本阿爾卑斯山。

美季攤開雙手，歎了一口氣說：「只要能快點決定，養什麼都好啦……」

話一出口，美季就連忙住嘴，並馬上跟真優道歉：

「啊，對不起，妳怕動物，所以不能說養什麼都好。」

「嗯……不過，沒關係啦，反正……」

真優露出無精打采的笑容。她真的很討厭動物，就算大家都覺得

很可愛的小狗和小貓，她也不喜歡。所以，儘管她和美季一樣，希望這件事早點決定，卻很擔心到時候要養動物。

「妳別怕，交給我吧。我們是好朋友，直也要是有什麼怪點子，我一定反對到底，不讓他得逞。」

開朗的美季，常常給膽小的真優鼓勵和安慰。

「美季，謝謝妳，也拜託妳了。」真優打從心底說。

這天的晨光時間，老師說完話，直也突然站出來，手上舉著一張大大的海報。

「大家看一下這個。」

那是牛隻在牧場玩耍的照片。真優想起斜坡下方有一間牛奶商店，那正是他們貼在牆上的海報。

「小牛很可愛吧。小牛長大了，還有牛奶可以喝。這不是太酷了嗎？所以我們就這麼決定吧？三年二班決定養牛啦！」

大家以為直也還要繼續發表高論，所以呆呆看著他。過了好一陣子，有個男生舉起手來，接著，更多人紛紛舉手贊成。

真優忍不住望向美季。美季好像故意躲開她眼光似的低著頭，一副很不安的模樣。

最後，有二十九個人贊成直也的提議。全班共四十個學生，由於超過半數，直也的提議通過了。真優一知道這個結果，腦中刷的一片

空白。

一直微笑看著整個過程的谷本老師，這時也露出了慌張的神情。他是個資歷還不到三年的年輕男老師，對每種體育項目都很拿手，全身上下充滿幹勁。

「等、等等，你們要養牛？不行、不行，你們才三年級，養兔子還差不多……」

「可是我們已經投票通過了！少數要服從多數呀！」

直也抬頭瞪著老師，嘴巴嘟得老高。

其他人也跟著起鬨：「都決定了呀！」「我們有挑戰精神，一定能把牛養得很好！」

儘管如此，老師卻沒有點頭答應。

「不管是少數服從多數，還是什麼挑戰精神，不能養就是不能養。牛不是寵物，照顧的人每天都得很早起來，不論是餵飼料、打掃牛欄，都不是簡單的事。」

谷本老師每次遇到問題，都會把手指關節折得劈啪作響。突然，他瞥見一位坐在最後面的男同學。

「沒錯，兔子太小兒科了，養山羊吧。敏樹，可不可以拜託你爺爺，把你家的山羊借給班上一陣子？」

敏樹突然被老師叫到名字，紅著臉低下了頭。

小鎮已經沒有專業農夫了，卻有一些人家把種田當副業，像敏樹

家就是，他家還養了兩隻山羊。

對於家裡有山羊，敏樹很自豪，一直到去年，還常常帶同學到羊舍去，讓他們餵山羊，摸山羊的鬍子玩。

敏樹的爺爺總是瞇著眼睛說：

「敏樹把山羊照顧得很好，這個連山羊都知道，所以山羊也跟敏樹最親呢。」

可是，為什麼敏樹現在絕口不提山羊，也不靠近羊舍一步呢？

「我們跟敏樹說想去看山羊，他卻只丟下一句『愛看你們就去看啊』。他是怎麼搞的呀？」

「敏樹跟我說：『喂，你身上有羊騷味，你都不知道嗎？』他是

不是被人說過身上有羊騷味，才這麼敏感呀！」

真優記得剛升上三年級時，曾聽到住在敏樹家附近的孩子說過這些話。

「現在一定還有人這麼說敏樹。」真優心想。

老師又問了敏樹一次：

「敏樹，不行嗎？」

敏樹的眼睛看著地上，沒有說話。

這時，一直氣鼓鼓的直也大吼著：

「老師你好詐喔，我們才不要養山羊呢。決定養牛就要養牛嘛！大家決定的事一定要照做！老師不是常常跟我們這麼說的嗎？難道你

忘了？」

真優和其他人都瞪大眼睛看著直也。每當班會做出「不准在上課時吵鬧」、「不准在走廊奔跑」等決議，總是事不關己打破這些規定的，就是直也！現在他居然理直氣壯的說：「大家決定的事一定要照做！」

老師也呆呆看著直也好一會兒。

「啊——真不想被直也這麼說。」

他露出無可奈何的笑容。

接著，他一臉嚴肅的對大家說：

「你們想說的我都知道。不過，我得說清楚，並不是任何事都能

少數服從多數。假如大家表決要去做壞事，難道可以少數服從多數，去做壞事嗎？老師要大家很認真的想一想，養動物不是玩遊戲，而是養育一個生命。養牛，就得為牛的生命負責。你們好好想一想，這樣你們還要養嗎？」

大家你看我，我看你，最後紛紛說：

「要！我們會好好養的。」

「我們很想養牛，一定會很努力照顧牠的。」

真優愈來愈忐忑不安。

老師插話說：

「好，我知道了。可是，那些討厭牛的同學，要怎麼辦呢？」

牛奶

「都已經決定了，沒辦法啦，他們自己要加油。」

「對啊，每個人都要幫忙，一起把牛照顧好。」

大家的意見一面倒，這時，美季舉手發言了：

「討厭牛的同學，只要做他們做得到的，這樣不就行了！」

大家很贊成美季的意見。

看著外頭沒說話的老師，這時很果決的說：

「請你們給老師一點時間想一想，也請大家乖乖等我的答案，好不好？」

真優他們並不知道，從第二天開始，老師就非常忙碌。

他從網路上查到，青野村有間村營的小牧場。從小鎮到青野村，車程大約四十分鐘。他抽出時間去拜訪，實地觀察人們照顧牛隻，並請教、討論了養牛的種種問題。

另外，他覺得三年級並不適合養牛，所以也先跟家長會說明狀況，請他們協助。

至於班上的孩子，只要一看到老師，就七嘴八舌的問：

「老師，你還沒有想好嗎？你不是說等一下嗎？可是我們等很久了吔。」

大家都心急得不得了。

今天早上，美季就跟真優說：

「就算不行也好，真想早一點知道答案。」

大家投票通過要養牛的那天，美季在回家的路上對真優說：

「真優，對不起啦，那麼多人都想養牛，我一個人反對也沒有用呀……而且，養牛好像也滿好玩的……所以，真的很對不起。」

「不會啦，又不是妳的錯，妳不用說對不起啦。」真優無可奈何的說。

美季馬上恢復開朗的神情，說：

「真優，妳先不要擔心，反正還不知道結果呢，也有可能不會養牛啊……」

她又開心的說：

「就算要養，妳也不用怕。我一定會幫妳的，只要交給我就行了。說真的，我很想養養看吔。」

美季說著，不好意思的聳了聳肩。

一個星期過去了，大家簡直等得不耐煩了。

這天的數學課，真優正在算數學題，直也的拳頭卻在她的肩膀上，用力的又推又轉。又在欺負我了！真優想。

「別這樣，這樣我沒辦法寫字啦！」

真優正想揮開直也的手，卻訝異的發現，直也正拿著一張紙條在她眼前晃呀晃；紙條上不知道寫了些什麼。

真優拿過紙條。那是從筆記本隨手撕下的一張紙，上頭的字像鬼畫符。

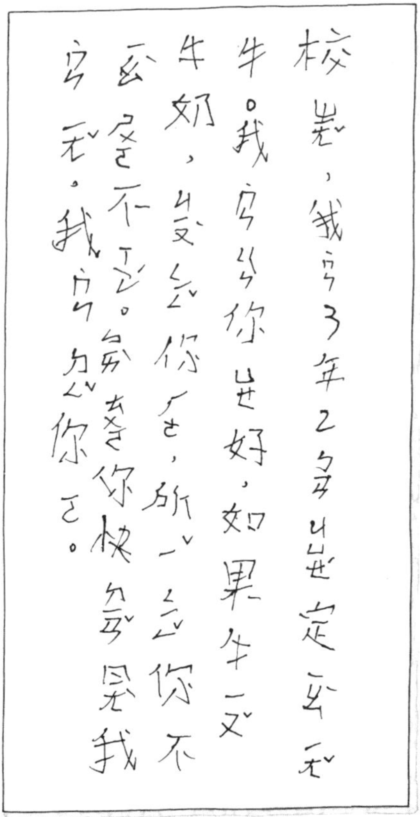

雖然已經三年級了，但信上幾乎都是注音符號。

真優驚訝的跟得意洋洋的直也說：

「你要把這個交給校長嗎？不會吧。」

「妳是白痴喔。當然是要給校長才寫的呀。」

一頭亂髮的直也，很神祕的湊近真優的耳邊說：

「我們等來等去，都沒等到消息，一定是校長不答應。所以，我要把這個送給校長，校長看了，一定會說好。」

真優不理直也，繼續算數學題。

然而，真是不可思議呀！直也一向討厭寫字，更討厭寫作文。那封信，恐怕是真優所知道，直也寫的第一篇作文吧。

直也是怎麼搞的呀？

真優悄悄轉頭去看，發現直也正小聲哼著歌，一邊在筆記本畫上一頭大大的牛。

2

愛管閒事的直也

老師總算在六月十日，給了大家答案。

「大家久等了，現在我要告訴大家一個好消息。青野村的乳牛中心，會把一頭六月二日出生的小母牛，借給我們。」

老師吸了一口氣後說：

「借給我們的時間是七月底到十一月底的四……」

老師還沒說完，孩子就紛紛大叫：

「咦？才四個月……」

「太短了吧。」

其他反對養牛的孩子也叫道：

「老師不是說三年級不適合養牛嗎，現在怎麼又說可以養？」

「人家討厭照顧牛啦。」

「也有可能不會養啊……」美季那時候說的話，一下子飛得老遠。真優就像洩了氣的皮球，沮喪到極點。

真優看了後面的佐竹史織一眼。她今年才跟真優編在同一班。三天前，她們在校門口遇上，聊到養牛這件事；佐竹也反對養牛。

「只要一想到牛，我就覺得好噁心，最好是不能養。」真優說。

佐竹甩甩長長的頭髮，點點頭說：

「因為老師反對，所以我覺得一定不會養。」

佐竹還說，她每天走在坡道上，都會對著遠山祈禱。

沉穩的佐竹，對真優來說就像姊姊一樣。

不過事情的發展並不像佐竹想的那樣。佐竹也一副洩氣的模樣，呆呆的看著老師。

真優旁邊的直也高聲喊道：

「老師，我們不能養久一點嗎？為什麼不能養久一點啊？真的不能嗎？」

老師似乎早有準備，很從容的向大家說明：

「小牛出生後，只有一天是自己喝媽媽的奶，第二天就和媽媽分開，由人用奶瓶餵母奶，三天後，則開始餵奶粉泡成的牛奶。小牛大約五十天大，就可以開始餵飼料。六月二日出生的小牛，最快七月底開始吃飼料，所以……」

老師在黑板上寫著：「七月二十六日，小牛入學。」

「牛和人不一樣，牠們長得很快，六個月大就算長大了，要餵的飼料不一樣了，照顧起來也更費事，因此必須送走……」

老師又在「入學」那行字旁邊，寫下：「十一月三十日，牛畢業。」

「老師，那我們不就喝不到牛奶了嗎？」

「難道不能養到十二月嗎？」

大家還是沒辦法接受。

老師很堅決的說：「不管怎樣都不行。」

養牛的時間，是老師和牧場的人共同討論出來的，如果要提早，小牛還沒辦法餵飼料，因此行不通；如果要養到十一月底以後，一

樣有困難。

老師為了讓孩子明白這點，很努力的說明：

「到了十二月，牛的體重會增加到一百五十公斤以上，食量也變大了，照顧起來很辛苦。而且，冬天的白天很短，天氣又冷，所以真的不能再延長了。」

老師的視線一一掃過每個人，壓低聲音說：

「事實上，老師更擔心一件事……」

小牛到學校三天之後，也就是七月二十九日，就開始放暑假了。在寒冷的地方，寒假比較長，暑假比較短，所以茅花台小學的暑假，在八月十七日就結束了。暑假期間，全班的學生必須輪流到學校照顧

小牛。

「你們只有三天的時間，學習怎麼照顧小牛，這樣夠嗎？」

老師很擔心的歎了一口氣。

原本牧場的人建議暑假後，再送小牛過來，不過，這樣飼養的時間就只有三個月了。老師認為很想養的孩子會覺得太短，所以儘管知道有困難，還是拜託牧場的人延長為四個月。

「我真的很擔心你們學不來。」

大家都感受到老師的憂慮，也了解事情的狀況，有些孩子卻依然議論紛紛。

突然，老師像想到什麼似的拍了拍手。

「對了，我忘了跟你們講一件重要的事。牧場的人說，如果大家沒辦法照顧好小牛，就得趕快送牠回去。你們真的沒問題嗎？班上也有一些同學討厭牛，其他人可以幫他們忙嗎？」

吵鬧的教室一下子安靜下來。能不能照顧得好，總要試試看才知道。說不定才兩、三天，就得送走小牛……

直也猛的站起來，碰得桌子吱吱嘎嘎晃動。

「才四個月而已，請大家好好照顧吧，一定要撐到十一月底，再送小牛回去！大家就這樣說定了，說好的事一定要做到喔。」

直也口中的「才四個月」，對真優來說好長哪。儘管說「說好的事一定要做到」，但有時也會做不到啊。真優的腦袋裡，有一大群牛

砰砰咚咚狂奔著。

三年二班馬上開始利用班會，學習有關牛的知識。這天，大家輪流發表自己所知道牛的種種。

「牛的腳比馬的腳短，尾巴也比較細。而且牠的身體很像一個四邊形。」

「牛奶很有營養，可以做奶油和起司。」

「我爺爺說，以前牛會幫人耕田、拉車，對人很有用喔。」

直也伸長耳朵，一邊聽一邊點頭。他很少這麼認真聽別人說話。輪到他時，他更講得頭頭是道。

「牛呢，有咖啡色，也有黑色的。不過，我們也會在照片上看到

黑白斑點的牛。那種牛的品種叫『好斯坦種牛』，是一種乳牛。」

真優第一次聽到好斯坦種牛這個專有名詞，不禁睜大眼睛看著直也，就像看著一個不認識的人。

不過，直也終究是直也，聽到不喜歡的話，馬上就發飆。

有人說牛比馬反應遲鈍，直也便大叫：

「那只是因為牠體型大，看起來才有那種感覺，其實牛的反應才快呢。」

有人說山羊有鬍子，牛卻沒有。直也就瞪著那個人說：

「別拿牛跟山羊比。山羊有鬍子，卻膽小得要命！」

直也對真優說的也很不滿意。

「牛的嘴巴老是動個不停，還流口水，好噁心喔。」

直也一副要抓住真優算帳的模樣，對著她說：

「因為牠是牛，嘴巴才會動個不停呀！那又不是牠的錯，妳怎麼可以說牠噁心！」

要是平常，真優一定不說話。但現在她很擔心養牛這件事，心情有點焦躁，所以忍不住回嘴：

「我只是把我的感覺說出來而已，你幹嘛生氣？而且為什麼牛一定會那樣？可以請你告訴我嗎？」

「會那樣就是會那樣。」

「你也不知道吧，還說什麼要變成博士……」

「妳很煩吔！這個跟那個有什麼關係呀！」

真優很少像這樣，說話說得臉紅脖子粗，直也也氣得舉起手來。

老師嚴厲的制止他們：

「你們兩個，不准再吵了！現在還在上課呢！」

「可是，老師，真優她……」

老師沒有直接回應直也，卻問了一個不相干的問題：

「直也，你知道人有幾個胃嗎？」

「這誰都知道啊，人只有一個胃。」

「那牛呢？」

「牛也是一……」

氣呼呼的直也這麼一說，老師忍不住笑了。

「不對。牛有四個胃。」

直也立刻驚訝的喊：「嗄？真的嗎？牛真的有四個胃嗎？」

「沒錯。我正要跟你們講這些，如果你不想聽，只想吵架的話，那也沒關係。」

「我要聽，我要聽，老師你快點講，快點講啦。」

直也一副等不及的樣子，一雙腳踩得地板啪啪響。

老師若無其事的在黑板上畫出胃的模樣。

「牛吃了東西後，東西會回到嘴巴裡重新咀嚼，這有個專有名詞叫『反芻』。牛的嘴巴動個不停，就是正在反芻。為了使牛有最好的

消化，四個胃各有不同的功能，有的把咬碎的食物弄得更碎，有的把食物混合均勻，有的讓食物變成像泥巴一樣黏答答的。」

真優聽了，覺得很不舒服，直也卻開心的拍起手來。

「好酷喔！牛好像怪物喔！」

直也實在是個奇怪的小孩。

牛舍的預定地，在距離校舍相當遠的樹林邊。由於是間不小的建築物，所以得請大人搭建。

「老師，牛舍什麼時候蓋好啊？再不到一個月，小牛就要來了，這樣來得及嗎？」

就在孩子們開始擔心後的某一天，二班的矢崎同學和河本同學的爸爸，用卡車載著木材來了。

柱子、橫梁，還有支撐屋頂的木架子都齊備了，接下來，只要根據藍圖組合起來就行了。藍圖也是跟牧場的人商量過，才畫出來的。

「我們為了養牛麻煩很多人，也得到很多人的幫助，這點大家千萬不可以忘記。」

老師總是一再對大家這麼說。

房子的搭建工作從隔天開始。二班的好幾位爸爸從下午四點左右，一直忙到天黑。因為已經超過放學時間，又擔心妨礙工程進行，所以老師不准孩子們去看。然而，他們還是偷偷跑去了。

工程進行得很順利，吉山同學的爸爸俐落的跑來跑去，指揮著大家；他是一位木造房屋的建築工匠。

真優第一次近距離看工匠蓋房子。從什麼都沒有，到漸漸成形，整個過程非常有趣，她興奮的看著。旁邊的男孩很羨慕的說：

「我們也好想蓋蓋看喔。」

真優聽了，竟忍不住點點頭。

牛舍蓋好時，老師跟大家講了一件出乎意料的事：他要大家在牛舍旁邊，蓋一間放飼料和打掃用具的小倉庫。

「雖然說是小倉庫，其實比較像置物櫃。老師會準備好工具，大家試著釘釘看，這也是一種學習。」

大家聽了都非常開心，只不過，開始進行卻很不順利，根本沒辦法像爸爸們一樣。因為除了爸爸是建築工匠的吉山同學，只有四個人曾經用過鐵鎚。

「這工作看起來很簡單，弄起來怎麼這麼難。哎喲，釘子又被我敲歪了啦。」

「要直直往下敲，你斜斜的敲，釘子當然跑出來了。」

「換我了，鐵鎚給我！」

大家鬧哄哄的，工作卻沒有一點進展。老師看到掉了一地的鐵釘，忍不住抱住自己的頭。

「啊——光敲釘子就這麼難呀！」

真優看著老師，心想：如果老師現在說不養牛了，自己應該很高興，可是，為什麼卻偏偏有很深的失落感呢？是因為如果不養牛，之前開的好幾次討論會，以及為了歡迎小牛所做的歡迎看板和漂亮紙花，就全部白費了嗎？

為小牛取名字時，每個人輪流提出意見。當時，真優想，小牛既然是小寶寶，就叫「寶寶」好了。沒想到大家竟然覺得這個名字很可愛，而通過了。

提議的名字被選中，雖然很不好意思，卻很開心……而且釘釘子也很好玩，自己可是愈釘愈順呢……真優邊想邊發呆。

突然，直也大吼大叫起來：

「老師，已經決定的事情一定要做到底，不能只做到一半。」

被煩人的直也這麼一叫，老師嚇了一跳：

「真傷腦筋吔，我最不想被直也糾正了。」

儘管老師這麼說，卻皺著鼻子，看起來很高興的樣子。

接下來，他們採取另一種方式來建造小倉庫：由比較會用鐵鎚的孩子負責釘釘子，其他的孩子在旁邊協助。

真優負責釘釘子時，原本老是大聲嚷嚷著「我弄、我弄」的直也，竟然非常認真的幫忙壓木板、遞釘子。

牛舍接近完工時，牧場的田川先生也來了。之前他為了和老師討論，來過很多次，所以大家都認得他。他看起來六十幾歲，老是戴著

一頂草帽，穿著深藍色的牛仔連身服。

田川先生去看牛舍時，大家都推推擠擠的跟在後面。

爸爸們用木柵欄圍成的運動場，大概有教室那麼大，出入口跟牛舍相連。

牛舍分成兩個部分，後方堆著土，上面鋪著稻草。

「蓋得很好，小牛一定很喜歡。」

田川先生很愉快的環顧四周。

最後只剩蓋在牛舍邊，和大人差不多高的狹長箱形倉庫還沒看。

田川先生正要打開門，臉上的笑容突然消失了。

「這樣不行，怎麼會這樣呢……」

等著被誇獎的大家，滿臉驚訝的抬頭看著田川先生。

「怎麼了？哪裡有問題？」

田川先生沒說話，指著散落在地上的鐵釘。不知道是誰鬆了一口氣說：「這個呀，這個不用擔心啦，馬上就可以掃掉。」

田川先生卻還是皺著眉頭，一副很困擾的模樣說：

「這可不像你們想的那麼簡單。鐵釘這種東西再怎麼掃，還是很可能有一、兩根沒掃到。要是混在飼料裡被牛吃進去，刺傷了胃，牛可能會死掉的……」

真優的心猛的一跳。光是被小小的刺刺到，就很痛了，更何況是鐵釘。一根鐵釘就能讓又大又強壯的牛沒命！

「小牛……小牛不來了嗎？有釘子的話，牛就不來了嗎？」

有個女孩用快哭了的聲音問。就在這時，一顆頂著亂糟糟頭髮的腦袋鑽了過來，原來是直也。他什麼都沒說，只管張大眼睛，檢查地上有沒有田川先生說的、沒撿乾淨的鐵釘。

其他孩子也散開來，彎腰盯著地面瞧。真優也開始撿。當她在木椿或是柱子的影子下找到彎曲的鐵釘時，心就痛一下。

一直皺著眉頭的老師，突然湊近田川先生的耳邊，不知道說些什麼。接著，他將雙手做成喇叭狀，對大家說：

「可以了，可以了，我們知道大家的心情了。先停下來，等一下再來想辦法。」

「是啊，先這樣吧，之後再讓老師來想辦法。」

一旁的田川先生說，臉上的表情也不再那麼凝重了。

三天後，學校前的斜坡，喀啦、喀啦開來一輛混凝土車。它在牛舍裡裡外外和小倉庫四周，傾倒了混凝土，不管是木屑或是彎掉的鐵釘，全被混凝土蓋住了。

老師說這可花了不少錢，幸虧家長會和校長都很支持。

直也知道後，很跩的對真優說：

「看吧，你現在應該知道我的信很有用了吧。」

真優可不認為是那封潦草的信發揮了作用，但她什麼也沒說。

3

歡迎寶寶

每次暑假來臨前，大家都興致高昂的討論要去哪裡玩，跟誰有約，今年卻大不相同。不管走到哪兒，大家聊的全是牛、牛、牛。

就連在家裡也一樣。真優不斷向媽媽抱怨：

「牛很快就要來學校了。好可怕喔，要是牠突然抓狂的話，那怎麼辦？搞不好一腳就把我踩扁了……媽媽，妳說怎麼辦？」

媽媽一副很不耐煩的模樣。

「妳這麼膽小怎麼行？妳看看妳，有一次被狗吠，竟然嚇哭了，還嚇得拔腿就跑！放輕鬆點，放輕鬆點就沒事啦。」

「說得簡單！人家就是沒辦法不害怕嘛！」

如果又遇到那條狗，真優覺得自己一定還是會嚇得拔腿就跑。

然而，媽媽一邊削著芋頭的皮，還一邊事不關己的說：

「人家說『念力、念力』，只要妳想著牛很可愛，牛也會變得可愛，更會喜歡妳的。不只牛啦，狗也一樣。」

真優氣鼓鼓的。嘴巴動個不停，流著口水的牛，怎麼會可愛呢？

她不禁悲從中來。

「好了，算了啦，連媽媽都不能了解人家的心情……」

然而，在這樣的時刻，真優發現自己雖然不安，卻又莫名其妙感到興奮。

七月二十六日總算到了，小牛來學校啦。

當孩子們衝到小卡車旁，「哞——」車廂裡的小牛突然叫了一聲。音量很大，不像這麼小的牛會發出來的聲音。

真優嚇得躲到美季背後。美季忍不住笑了。

「真優，妳不用怕啦。田川先生就在旁邊，小牛不會怎樣的啦。而且牠還很小，就跟大型狗差不多嘛。嗯，其實牠看起來比狗還乖呢。」

美季說的沒錯。六月二日才出生、一身黑白斑點的小母牛，比真優想像中小多了，看起來也很纖弱。

儘管如此，真優還是不敢靠近牠。

真優離開美季身邊，去找佐竹。後來開歡迎會時，真優和佐竹都遠遠的躲在後面。

小學生養牛很少見，因此，有兩個手上掛著臂章的報社記者跑來採訪。他們對著裝飾繽紛紙花的牛舍入口和孩子們，喀嚓、喀嚓拍著照片。

真優覺得那些腳步聲和快門聲好吵。

她全身緊繃，忍不住在心裡喊：這麼吵，要是牛發起飆來，怎麼

辦？安靜點吧，不要再吵了啦……

佐竹也靜靜的呆站在那兒。

校長和家長會會長，勉勵大家要同心協力，好好照顧小牛。接著二班的所有成員，一起向小牛說了以下這些話，作為歡迎會的結束。

「歡迎寶寶，謝謝你來到我們三年二班。從今天開始，大家就是朋友了。希望我們早一點變成好朋友，請多多指教。」

真優照著之前練習的，嘴巴一開一合，還不時望向牛舍。小牛和她想像中凶暴的牛很不一樣。

牠的耳朵裡和鼻子周圍，都是淡淡的粉紅色，體型不像小山那麼壯，頭上也沒有角。不僅不凶暴，牠的小眼睛盯著四周一直瞧，似乎

歡迎寶寶

在尋找某個人，看起來竟有些不安呢。

真優突然覺得小牛有點可憐，但她又想：自己可不能太大意，牛雖然小，但牛就是牛，總有一天會露出可怕的一面。

從今天開始，大家要開始忙了。之前雖然辛苦，但已經辛苦過了。接下來，只有三天能學習照顧小牛，即使打算好好學，然而實際做起來會遇到什麼狀況，還不知道呢。就算拋開變數，也得在三天裡，牢牢記住照顧牛的方法和值班的注意事項。

這三天，田川先生下午都會到學校來。

田川先生的車是黑色的，但由於沾滿灰塵，看起來就像白色的。當它發出嘎、嘎的聲音，爬坡到了學校，二班的孩子全跑了過去。

直也比其他孩子早一步飛奔到田川先生身邊，不斷拉著他的牛仔連身服，急吼吼的說：

「田川先生，你遲到了啦，快點、快點。」

「哪有遲到啊？現在還不到一點呢。對了，你們有沒有把營養午餐好好吃完呀？」

「現在哪有時間吃營養午餐，都吃便當啦。哎呀，你管這個幹什麼啦！只有三天，快點、快點，我們是在跟時間作戰吔。」

「喔，跟時間作戰？你這小傢伙竟然說出這麼有學問的話！」

田川先生哈哈大笑，笑得眼角的皺紋全跑出來。他和直也，看起來就像一對感情很好的祖孫。

到了牛舍前，田川先生先對大家說：

「牛看起來很強壯，其實很容易生病。所以牛的四周一定要隨時保持乾淨。」

之前田川先生送牛到學校時，已經提醒過大家這點了。由於他所講的跟那天幾乎一模一樣，所以有人笑了起來。

田川先生身邊的直也突然大叫：

「有什麼好笑的！不保持乾淨，牛就會拉肚子或消化不良吔！」

大家很驚訝，田川先生更驚訝。他看著眼睛瞪得圓圓的直也，接著，笑得臉都皺成一團，顯得非常高興。

「沒錯、沒錯，就是這樣。所以大家一點都不能疏忽。好，現在

我們就來打掃吧，先把牛糞清理乾淨。要睜大眼睛看清楚牛糞在哪裡喔，沒問題吧？」

田川先生拿起一把平鏟，走進牛舍。

大家都知道要鏟牛糞，然而，知道是一回事，實際做又是一回事。每個人都覺得很噁心，田川先生卻一副若無其事的模樣。

「你們一定覺得牛尿和牛糞很髒。然而對農人和牧場的人來說，它們卻可以做成肥料，是非常珍貴的。有了好的肥料，種出好的牧草，就能養育出好的牛。大家懂嗎？」

田川先生說著，開始用平鏟清理牛糞。

「就像這樣，一邊對著牛說：『別怕喔，我幫你把便便清乾淨

喔。』一邊像摩擦地板似的慢慢鏟起牛糞。這就是訣竅。」

直也除了在旁邊看，還插嘴對其他同學說：

「不要圍在牛後面。牛要是被嚇到，發起脾氣來就糟了。大家小心點。」

接下來是餵飼料。田川先生從小倉庫拿出棕色的袋子。

「早上和下午，分別用這根湯匙舀三匙。」

「別忘了，早上八點半和下午四點，都要記得來餵。還要小心拿好，飼料裡有米糠，有豆粕，很容易撒得一地。一定要小心！」

不管是平常意見很多的直也，還是其他人，都沒有發牢騷。以往，老師說再多次，直也老是轉眼就忘，現在他卻變得像另一個人，

對所有的細節記得清清楚楚，也對牛的種種瞭若指掌。

遠遠的，老師一邊擦著汗，一邊快步走過來。

「對不起，剛剛在開會，所以來晚了。」

他一邊說，一邊像看穿什麼似的，對著站在他面前的直也說：

「你是不是又沒乖乖聽，讓田川先生沒辦法好好講。人家在說明，你不好好聽，以後要怎麼照顧牛呢？」

田川先生著急的搖搖手。

「他沒有不乖，反而幫了我很大的忙。我還不太習慣像這樣對著一群孩子說話呢。」

直也聽了田川先生的話以後，露出得意的表情，拉著田川先生的

手說：

「田川先生，不要浪費時間了。快點再教我們別的！」

休息時，田川先生還忙著更換稻草、補充飼料，整理已經清理到外頭的牛糞。

處理完這些瑣事，仍舊有很多要忙的。

首先要觀察牛隻的狀況。牠的眼睛亮不亮，精神好不好，有沒有好好吃東西。另外還要帶牠到運動場玩耍、晒太陽。

不管哪一項，對真優來說都很困難，其中最麻煩的，就是用刷子幫牛刷身體；這可得近距離跟牛接觸呢。

「像這樣輕輕的刷，可以把毛裡的髒東西清乾淨，也能幫助血液

循環，讓牛變強壯。」

田川先生說明後，孩子們就輪流嘗試。有的孩子很害怕，只在牛背上迅速輕刷幾下；有的孩子則用力刷個不停。

真優的心臟快停止跳動了。她站得遠遠的，盡可能伸長手，如臨大敵似的，飛快用刷子碰了寶寶的肚子側邊一下，就馬上跑開了。

「拜託，這樣根本沒刷到嘛！刷子給我，好好看著喔。」

直也看到真優這個樣子，從她手中拿過刷子。

「根本就不可怕嘛！看，就像這樣。」

直也掌控得很好，力道不輕也不重，就像替爸爸刷背一樣，很溫

柔的刷呀刷。小牛的眼睛都瞇起來，舒服得似乎快睡著了。

真優心想：直也平常動不動就發脾氣，動作又粗魯，現在怎麼變得這麼溫柔……真是太不可思議了。

暑假的值班表排出來了。

如果養兔子或養鳥，通常兩個人或三個人一組。二班則是四個人一組。不喜歡牛、討厭牛的人，雖然也要一起照顧，但真的做不來，也不勉強。

二班有四十個人，暑假有二十天，所以每個人要輪兩次。

真優那一組，除了她自己——佐原真優之外，還有河本良、宮下敏樹，以及小平美季。經過抽籤，他們要在八月三日和十四日來照

顧小牛。

真優很慶幸能和美季同一組，這樣她做不來時，就可以請美季幫忙。而且，河本和敏樹做事也相當認真，敏樹又很會照顧山羊，這讓真優就像打了一針強心劑。

最棒的是沒有跟直也同組。要是跟他同組，他一定會不斷的發號施令；一不高興，還會暴跳如雷。如果這樣，那豈不是太慘了？

暑假時，除了要參加研習會等活動之外，老師也會到學校來。田川先生同樣會來支援。儘管一切都準備好了，老師卻依然很擔心。

「大家要從小牛的角度來體會牠的心情，來照顧牠。常常想著，現在想要什麼？寶寶討厭什麼？好好的觀察，好好的體會、思考，才

有辦法照顧好牠。」

老師接著說：

「要是因為臨時有事，沒辦法到學校來，一定要跟同一組的人連絡。要是什麼都沒講，就沒來值班，會造成其他人的困擾。還有，如果遇到沒辦法處理的狀況，或是有不懂的地方，請打電話給我，但不要隨便打電話給田川先生。田川先生很忙，千萬不要隨便打擾他，知道了嗎？」

老師講個不停，而且每天都重複同樣的話，真傻他們的耳朵聽得都快長繭了。

4 好臭喔，真討厭！

暑假第一天，真優氣呼呼的跑出家門。

哎呀，討厭死了！真是討厭死了。又沒輪到我，幹嘛要我到學校去。今天放暑假吔，應該睡到自然醒才對。媽媽真的好差勁！

真優雖然在心裡這麼罵著，事實上全是她的錯。她昨晚發牢騷，實在發得有點過頭了。

昨晚，她洗完澡，很誇張的歎了一口氣，對媽媽說：

「明天就放暑假了，要是不用去照顧牛，那就太完美了。媽媽，再過幾天我就要去值班了，好恐怖喔，怎麼辦啦？」

「怎麼辦？只有好好加油啦。」

「加油？是要去照顧牛吔，可怕死了。妳到底知不知道啊，我是要去值班照顧牛？」

「知道啊。」

媽媽滿不在乎的說。爸爸也一樣，只顧看著電視上的棒球轉播。

真優火大了。

「才怪，妳根本就不知道！要掃牛大便吔，噁心死了。幫牛刷毛時，牠凶巴巴的瞪著妳，說有多恐怖就有多恐怖。妳到底有沒有在聽

我說呀？」

真優將媽媽逼到極限。媽媽再也忍不住了，猛的轉身，瞪著真優，生氣的說：

「妳實在太不像話了。怎麼辦？怎麼辦？好，妳不知道，我就來告訴妳怎麼辦。明天妳就像平常上學一樣，早早起來，一秒鐘都別給我賴床！」

隔天，真優剛吃完早餐，就被媽媽趕出家門。

「馬上給我去學校！在家裡一直發牢騷，一點幫助都沒有，倒不如到學校去，先看看別人是怎麼照顧的。別再拖拖拉拉的，快點給我出門。」

媽媽的看法是：與其老是抱怨著「恐怖」、「噁心」，不如實際去看看別人照顧的情形，以及小牛的模樣，並好好想一想自己可以怎麼做。嚴格來說，就是別讓她再聽到「討厭」等這些毫無意義的話。

真優拖著沉重的腳步爬上斜坡。當她看著遠山時，突然想起一件事。之前她只顧著煩惱，都忘了佐竹今天會來值班。

「佐竹同學抽中第一天，好可憐喔。妳不會覺得討厭死了嗎？」

那天真優看著值班表，很同情的對佐竹說。

「是很討厭……不過，早死早超生……」

佐竹說著，微微笑了一下。她還是比真優來得堅強。

（佐竹同學，妳還好吧？沒什麼問題吧？）

真優想著，突然快步跑了起來。

有些別班的同學，也不知道是否完成替花圃澆水等份內的工作，就跑到牛舍來。有人一邊看著小牛，一邊不曉得跟同伴說些什麼；有人則有點羨慕的看著孩子們忙進忙出。

真優一接近牛舍，同班的進藤同學就跑過來對她說：

「妳怎麼現在跑來？啊！好可惜，妳要是早點來，就可以看到寶寶尿尿，現在已經尿完了。」

進藤的臉龐閃閃發亮，一副覺得很好玩的模樣。

「妳有沒有看過牛尿尿？很像消防隊的水管連續發射，咻、咻、咻、咻！」

「對不起，我一點都不想看。」

真優苦著一張臉，沒好氣的說，然後走開了。

事實上，真優從一接近牛舍，就聞到很臭的味道。暑假的前三天，是因為太緊張了，所以沒注意到嗎？今天早上，那個氣味卻讓真優好想吐。

（好臭喔，是尿尿的味道嗎？真噁心。）

真優用手捂住鼻子，從隙縫中看著值班的同學在牛舍忙著。

正木同學和園同學，看起來是負責飲水的部分。小牛一天要喝掉一個大水桶的水。不過萬一喝太多水，卻會弄壞肚子，所以必須很小心。

在小牛面前清理大便的，除了千田同學，另外還有一個人……真優的心臟撲通跳了一下，忍不住叫道：

「佐竹，妳還好吧？」

佐竹嚇了一跳，抬起汗水淋漓的臉龐。原本好像快哭出來的她，看到真優時，突然露出苦笑。

「沒辦法，該做的還是要

做……我不想增加別人的麻煩……」

佐竹一邊說，一邊將馬口鐵畚箕遞給千田。

儘管再怎麼討厭牛，卻完全不依賴別人，努力做該做的事。對於這點，真優實在無話可說。

小牛除了偶爾會晃晃耳朵，其他時候都只是悠閒的望著四周，動著嘴巴。雖然牠的體型大了點，卻比隔壁鄰居喜歡吠叫的狗，看起來乖多了。

「佐竹，妳太厲害了！我可能沒辦法像妳一樣……」真優雖然很想努力看看，心中卻翻攪著不安的情緒。

真優環顧牛舍四周，突然發現一件事。除了值班的四個人，還有

一個人蹲在小牛的陰影中。

咦？是誰搞錯時間跑來了？

真優正想著，那個人猛的站起來，對著大家說：

「打掃完，就要餵飼料了。然後得帶寶寶到外面運動。沒事的人，到運動場去看看有沒有危險的東西。」

是直也，他怎麼會在這裡……

直也該在八月二日和十日來，分發值班表時，真優就聽到他說：

「我是二日和十日，加起來剛好是我的名牌號碼——二十號，真好記。」

直也又在說那種無厘頭的話，所以真優印象非常深刻。

直也可能太想照顧小牛，迫不及待跑來了。不過，他來幫忙還說得過去，怎麼命令起別人來了！真是有點過分！

而且每個人都只管做事，吭都不吭一聲，也是因為囉唆的直也在場的緣故吧。特別是跟牛有關的事，一個不如他意，他就發火，大夥兒一定受夠了。

真優腦中浮現佐竹的苦笑，一邊想：自己值班的時候，直也可千萬、千萬不要來呀。

雖然媽媽跟真優說，不管時間長短，每天最好都能去看看小牛，但真優並沒有照做。就這樣，真優的值班日到了。

真優跟美季講好早點到學校去。但男生到得更早，已經將打掃的

工具搬進牛舍裡了。

真優手忙腳亂的包頭巾，穿長筒雨鞋，戴棉布口罩。綠色的頭巾是去年祭典時，她和美季一起買的；口罩則是美季提醒她準備的。

放暑假的第一天，真優從學校回家之後，打電話給美季，告訴她：大家都很認真的照顧小牛，直也也來了，還有牛舍的臭味真的讓她受不了……

美季若無其事的笑著說：

「真優太敏感了啦。只要戴上口罩，就不會聞到臭味了。到時候妳帶厚一點的棉布口罩去，一定沒問題的啦。」

真優聽了，不禁輕鬆多了。

然而，美季戴著遮住半張臉的大口罩，才走進牛舍，馬上轉頭衝了出去。

「哇！臭死了！」

真優也急忙跟著跑出去。事實上，真優並沒有覺得臭到要奪門而出，只是她不想單獨留在牛舍裡。

「戴口罩也沒用。真優，怎麼辦？真的好臭喔。」

美季很誇張的用腳踩得地面啪啪響，一副氣急敗壞的模樣說：

「寶寶剛來的時候才沒這麼臭呢。一定是因為天氣很熱，加上每天尿尿、便便的臭味，才會這樣。啊——討厭死了啦！」

直也曾經說過，牛一天的尿尿量加起來有二十個寶特瓶那麼多。

真優更想到進藤對她形容過，寶寶的尿尿就像消防水管裡噴射出來的水柱一樣。

當她腦中浮現這畫面，不禁全身打了個冷顫。

美季好像想著什麼，接著將頭巾一扯，用力一甩頭。

「我——不做了！」

「美季……」

真優慌了。她了解美季很痛恨臭味，但美季這樣一走……自己也沒辦法留下來。真優想起拚命忍耐、努力照顧寶寶的佐竹，忍不住好想哭。

看到真優她們一直沒進去，河本跑了出來。

「妳們講話要講到什麼時候？不快點打掃乾淨，就沒辦法餵飼料。快點！快點！」

反戴著棒球帽的河本後面，是穿著過大長筒雨鞋的敏樹。他一手舉著鏟子，一邊望著這邊。

「要是沒有把事情做好，讓寶寶出了什麼狀況，我們可要負責的吔。」

「可是很臭啊，臭得讓人沒辦法進去。」

「才沒那樣嚴重。而且只要進到裡面，很快就不覺得臭了。所以別把牛舍講得像糞坑一樣……」

河本這麼一說，美季突然朝他高高抬起下巴。

「喂，河本同學。大家不是講好，絕對不能強迫別人去做做不到的事嗎？」

「是沒錯，可是……」

河本他們面面相覷，美季的態度變得更強硬。

「像敏樹同學很習慣跟山羊在一起，這些當然算不了什麼。但對我們來說，辦不到就是辦不到。」

真優聽美季這麼說，感到很吃驚。她心想：幹嘛要扯出山羊？敏樹最討厭人家提起這個了，美季又不是不知道……

如同真優所擔心的，敏樹滿臉通紅，頭垂得好低、好低。

不過才一下子，敏樹就抬起頭。

「會臭也是沒辦法的事！因為牠是牛，所以沒辦法啊。」

他生氣似的說道。以往要是別人對敏樹說了什麼不好聽的話，他總是低著頭默默承受。這次他卻對美季回嘴。

真優嚇了一大跳，敏樹說的話在她腦中轉哪轉。

（因為牠是牛，所以沒辦法啊！因為牠是牛……）

之前直也也說過相同的話。

「因為牠是牛，嘴巴才會動個不停呀！那又不是牠的錯，妳怎麼可以說牠噁心！」

「為什麼牛一定會那樣？」

當時真優心情焦躁，不由自主的脫口問道。現在，美季也和那時

的真優一樣，緊追不捨的問：

「為什麼牛就會臭？為什麼？你說呀！」

當時直也很生氣，卻答不出話來。現在，敏樹漲紅著臉，很小聲的說：

「那……那是因為動物本來就有味道嘛……」

一直在旁邊的河本，也插嘴說：

「對啊，每種動物都有味道。牠們沒辦法自己洗澡、打掃，所以才要我們幫忙。」

河本說的沒錯，每種動物都有自己的味道……

真優歎了一口氣，望向美季。

美季很不滿似的握緊拳頭，把牛舍的柱子敲得咚咚響。最後，她和真優終究沒有進去牛舍。

河本和敏樹也放棄了，悄悄走進牛舍。「沙哩沙哩……」不一會兒，裡頭就傳出鏟子摩擦地板的聲音。

於是，清掃牛舍、帶小牛到外面做日光浴，都由兩個男生包辦。真優她們只負責量量飼料、提提水。之後，兩個女生只顧著聊天，完全沒靠近小牛一步，頂多偶爾探個頭，瞧瞧敏樹、河本在做什麼。

由於受到耽擱，上午的工作到十點半才結束。等大夥兒要回去時，已經十一點多了。

T恤上滿是汗水和泥土的河本他們，沒跟真優和美季打招呼，就

自顧自的離開了。

下午的照顧工作從四點開始，這個階段不用打掃，也不用帶小牛做日光浴，只要換水、餵飼料和替小牛刷毛。

然而，對真優來說，刷毛比打掃更恐怖，因為那得很靠近小牛，還得接觸小牛的身體。

真優從寫著「小牛專用飼料」的棕色袋子裡，慢吞吞的量著飼料，一邊不知道該怎麼辦才好。

她原本想跟美季討論，不料剛剛美季卻突然說：

「啊，我想去看一下別班的花圃和鳥舍。」

然後轉身走向校園另一頭。

沒有美季在身邊，真優很不安。之前跟田川先生學習怎麼照顧小牛時，美季刷毛刷得非常開心。真優很希望美季快點回來，對她說：

「刷毛的事就交給我吧！」

真優也很想跑去花圃那兒，腦子卻浮現佐竹的臉；那張原本想哭，卻勉強擠出笑容的臉。

給別人添麻煩真的很不好，我……

真優下定決心，不要增加別人的負擔。然而，當她將飼料拿給河本時，卻說出完全相反的話。

「不好意思，我沒辦法替小牛刷毛。我只要碰到牛，就覺得很恐怖。對不起。」

河本和敏樹並沒有像直也那樣大發雷霆，只是說：

「那也沒辦法啦！」

他們愈是這樣，真優的心情就愈沉重。

下午，真優同樣只有量量飼料、提提水。其他討厭的事，全由河本他們包辦。真優覺得自己好沒用。

美季回來時，河本已經寫完值班紀錄，敏樹正鎖上牛舍的門。

「啊，都做完了嗎？對不起，我跑去看五年二班的兔子。兔子好可愛喔，沒想到就忘記時間了……下一次，我一定會做好該做的事，對不起、對不起。」

美季兩手合掌，向真優、河本、敏樹，不斷道歉。

真優看到這個情景，稍稍鬆了一口氣，並湊近美季的耳邊說：

「今天幾乎都是男生在照顧小牛，這樣真的很不好吔。下次我們就忍耐一點，該做什麼就做什麼。」

「嗯，下次我一定會努力做好的。」

美季也用力點點頭。

5 小牛的心情

八月十四日，輪到真優他們第二次值班。真優比平常早起。

「今天是盂蘭盆節（日本人回鄉掃墓的節日），真優還這麼早起，真是不容易。」爸爸說。

盂蘭盆節放假，所以爸爸顯得很悠閒。

一旁的媽媽也開口說：

「妳好像要去遠足喔，起得那麼早，而且看起來很開心嘛。」

「媽媽，妳好壞喔。人家是因為擔心，才這麼早起的。」

真優明知道媽媽是開玩笑，還是忍不住生氣了。

上次值班後的隔天，真優不用媽媽嘮叨，就自動去學校看小牛。

雖然真優約美季一起去，但美季總是推說有事，所以她都單獨前往。

不管哪一天，值班的同學都很認真。就算討厭牛的孩子，也努力做著清掃外圍等自己能做的事，不過，還是有人呆站著，臉上露出痛苦的表情。每次看到這種情景，真優的心就一緊。

好慘喔！和我一樣，變成別人的負擔……

而且，真優怎樣也沒辦法習慣牛舍的臭味。

不過，我今天一定要試試看，我要和美季一起努力看看！

真優下定決心等著美季。就在這時，美季打電話來了。

「我今天臨時有事，不能去學校了，對不起。」

真優很沮喪，完全提不起勁。她也好想請假，但一想到河本他們，就覺得不能這樣。

真優沒辦法，帶著低落的心情，拖著沉沉的步伐，往學校走去。

她爬完坡，進了學校，一走過校舍，就看到河本靠在牛舍的柵欄上。不曉得為什麼，河本看起來垂頭喪氣，一點精神都沒有。

「河本，早。敏樹還沒來嗎？對了，美季今天……」

河本沒轉頭，凶巴巴的打斷真優：「敏樹請假！他發高燒，沒辦法來。」

「啊！那今天只有我們兩個……」

河本驚訝得張大嘴巴。

「什麼？美季也請假……真的假的，她不是說今天要努力把事做好的嗎……」

兩個人無精打采的靠著牛舍的牆壁蹲著。接下來要怎麼辦呢？他們發著呆。過了好一陣子，河本才重新調整好心情似的站起來。

「工作吧，要是我們不按照時間做好該做的事，那寶寶就太可憐了。妳也要一起做，敏樹沒來，我一個人可沒辦法。」

「嗯，我……我試試看。」

真優這麼一說完，心臟馬上開始撲通、撲通狂跳。

她一踏進小屋，臭味就撲鼻而來，而且比任何時候都濃。

不能跑掉，要忍耐！不能跑掉……

真優像唸咒語似的，在心中重複這些話。唸著、唸著，淚水竟然不爭氣的奪眶而出。她用手背抹去眼淚，戰戰兢兢的從河本後頭看著小牛。

小牛屈著腿，肚子貼著地面。牠看到他們，只動了動耳朵。

「來，寶寶，站起來，我們要打掃了。」

河本輕撫著小牛的背部，一邊說。然而小牛依然不動。

「沒打掃，到處髒兮兮的，你會生病的。來，我們來打掃乾淨喔。」

這回，河本啪啪打著小牛的背。但小牛還是不動，小小的眼睛呆呆的看著前方。

河本很心急，快哭了似的說：

「我不知道該怎麼辦了啦，要是敏樹來了就好了。」

真優一點忙都幫不上，更覺得自己好沒用，忍不住縮起身子。

河本急著說：

「我不是故意說這些刺激妳的。我只是想，如果敏樹在的話，應該知道該怎麼辦。那傢伙雖然說過討厭山羊，其實現在又變得喜歡山羊了，還做了很多調查呢。」

「是嗎？他又開始照顧山羊了嗎……太好了……」

「老師不是跟我們說過反芻嗎？吃進去的東西又會跑回嘴裡，嚼嚼，嚼嚼嚼。山羊一樣會反芻，所以嘴巴也會動個不停。敏樹在書裡找到這個資料，很高興的告訴我。」

「嗯，敏樹他竟然……」

真優只覺得有四個胃的牛很噁心，敏樹卻很認真的去查資料，可見得他還是很在意山羊的。

真優也因此比較了解總是保持沉默的敏樹，上一次為什麼會和美季爭辯。

撫摸著小牛身體的河本，突然很擔心的說：

「喂，真優，寶寶不會生病了吧？會不會有問題啊？」

真優當然不知道寶寶有沒有生病。她盯著小牛的臉，覺得牠的眼神無精打采，看起來懶洋洋的。

真優想起田川先生曾說，一根鐵釘就能要了小牛的命。

如果把寶寶當成人，牠只是還沒進幼稚園的小孩子。要是這麼小的小孩子死了，不是很可憐嗎？真優雖然知道牛舍已經灌上水泥，應該沒有鐵釘會傷到小牛，但還是擔心得要命。

「河本，要是寶寶生病了……那……那怎麼辦啊……」

「我去打電話，打電話給老師！」

河本飛快的衝出牛舍。

牛舍只剩真優一個人。她很不安，根本定不下心來，一會兒跑到

外面看著校舍那兒有沒有人影出現，一會兒跑回牛舍，注意著小牛的狀況。她還想著：要是美季辦完事，突然跑來了，那該有多好哇。

真優遠遠看著討厭又可怕的小牛，最後對牠說：

「寶寶，有精神一點好不好，拜託啦，你叫一下嘛。」

小牛一動也不動，也不知道有沒有聽到她的話。

真優焦慮的走來走去，突然，她看到掛在柱子上的值班紀錄；上頭記錄著班上同學每天所做的事和值班的感想。

真優打開值班紀錄一看，昨天一切正常，之前則記錄著小牛曾打噴嚏、打翻水等等，看不出有什麼不對勁的地方。

還有人寫著：「有人不用值班也跑來，命令東、命令西，更亂發

脾氣，實在很討厭！」

這應該是指直也吧。

他們會將髒東西放在單輪的搬運車上，運到牛舍再過去一點點的地方。

有人因此寫下這樣的感想：「搬運車好難推，很容易倒，還會自己轉到旁邊去，推起來累死了。」

敏樹倒是很會推單輪搬運車，總是一路維持平衡，快速前進。真優從來不知道敏樹這麼厲害，會做這麼難的事。

真優看了值班紀錄半天，也沒發現任何小牛生病的線索。

她正想闔上值班紀錄，卻在八月十日，也就是四天前的頁面，看

到很眼熟的字。那是鬼畫符般、大大的字。

直也也寫了值班紀錄，不會吧……

直也絕對不會因為別人叫他寫而寫，所以應該是自己寫的。之前自動寫信給校長，現在自動寫值班紀錄，直也是哪根筋不對了？

真優難以置信的讀了起來。

ㄅㄠˇ ㄅㄠ，你今天的ㄅㄧㄢˋ ㄅㄧㄢˋ ㄏㄣˇ ㄆㄧㄠˋ 亮ㄛ，太ㄅㄤˋ 了。ㄘㄠˇ ㄌㄠ 也ㄉㄡ ㄓㄜ 吃光光，又ㄏㄣˇ ㄍㄨㄞ ㄑㄠˇ 的ㄓㄢˋ ㄉㄠˇ。ㄖㄚˊ 毛的ㄕˊ ㄏㄡˋ，你ㄊㄧㄢˇ 了我一下，你的舌ㄊㄡˊ ㄖㄜˊ ㄖㄜˋ 的，我ㄎㄞ 心ㄙˇ 了。明天也ㄧㄠˋ ㄧㄡˇ ㄐㄧㄥ ㄕㄣˊ ㄛ，明天ㄐㄧㄢˋ ㄌㄨㄛ，ㄖㄨㄜ ㄧ ㄖㄨㄜ。

整篇文字直也一樣都是用注音寫的，但他對寶寶的關心，卻一點

一滴傳入真優的心中。

因為直也很喜歡寶寶，只要是對寶寶好的，他什麼都願意做。

但寶寶現在好像生病了，真優愈想愈捨不得。

過了好一陣子，河本垂頭喪氣的回來了。

「老師不在。接電話的人說今天是盂蘭盆節，老師和親戚一起去掃墓，晚上才會回去。明天他會到學校來。」

真優從袋子裡拿出通訊錄，不發一語的向校舍那兒走去。

雖然放假，學校依然有老師值班。只不過，由於是盂蘭盆節，辦公室裡只有一位老師，而且是看起來很凶的六年級導師。

真優畏畏縮縮的借了電話。才剛打完電話，她就聽到那位六年級老師問：

「妳是三年二班的嗎？剛剛不是有個男生才來打過電話嗎？到底有什麼事？」

「嗯，沒有啦，沒什麼事，謝謝老師。」

真優一邊說，一邊跑出辦公室，朝著牛舍反方向的校門跑過去。電話才剛打而已，最快也要十五分鐘，不，應該要二十分鐘。真優儘管心裡明白，卻忍不住用跑的。只要站在校門往下看，很快就能看到有沒有人從斜坡往上爬。

出乎真優意料之外，很快的，有個小小的人影出現在斜坡下方。

「直也——」

真優一揮手，直也就斷斷續續的傳來高聲的回應。

「喂，那個，鼻子有沒有乾乾的？有發燒嗎？有拉肚子嗎？」

爬上坡頂的直也滿臉是汗，瀏海溼答答的緊貼額頭，還不停的大口喘氣。

不過他一步都沒耽擱，直接衝進牛舍，一把推開站在小牛身邊的河本。

「寶寶，你怎麼了？哪裡不舒服？肚子痛嗎？」

他一邊問，一邊摸著寶寶的背部和肚子，簡直就像真優生病時，媽媽焦急關心的模樣。

河本看著，生氣的嘟起嘴，還瞪著真優，好像在問：妳幹嘛要叫他來？

真優不知道該怎麼辦才好。她了解河本的感受，但自己也搞不清楚為什麼要叫直也來。

直也比誰都清楚牛的相關知識；為了牛，就算是討厭的事也肯做，甚至願意聽話守規矩。班上的同學似乎也因此比較肯定他，但是，他不見得就懂得牛的疾病呀。那麼，自己為什麼要叫他來呢？

雖然真優想不通，不過，當她看到直也為了牛那麼擔心，就覺得他能來，實在太好了。

然而，不一會兒，發生了一件料想不到的事，「嘎、嘎、嘎……」

外面傳來一陣汽車爬坡的聲音。那是沾滿灰塵、看起來像白色般的黑色汽車。

直也大叫著衝出去。

「你怎麼這麼慢，快點、快點，急死人了。」

「哪裡慢了？我一接到你的電話就馬上趕過來，這已經是最快的速度了。」

沉著的聲音、深藍色的牛仔連身服，百分之百、如假包換的田川先生。

田川先生歪著頭說：

「唔，到底怎麼了？昨天下午還好好的啊。」

真優和河本不由自主的跑到田川先生身邊。

但是，田川先生怎麼會來呢？老師不是交代過，不能隨便打電話麻煩田川先生的嗎？

直也小聲卻又得意的對真優說：

「我長大以後要拜田川先生為師。我已經跟他講好了。所以，我有什麼不懂的地方，隨時都可以打電話給他，因為我是他的徒弟嘛。不過這可是祕密喔，妳不要跟別人說，更不要讓老師知道。」

沒想到直也這麼快就放棄當昆蟲和動物博士的志願。然而，真優並沒有說什麼。對於他不遵守規定，打電話找田川先生來，真優不但沒有怪他的意思，反而因為來了大救星，而感到非常開心。

田川先生檢查寶寶有沒有脹氣？有沒有發燒？好半天後，他終於對著看起來很擔心的三個人，比出一個「沒事」的手勢。

「沒什麼大問題啦，不用請醫生也沒關係。牠還是小牛，身邊沒有媽媽、同伴，所以有點孤單，可以說得了『思鄉病』吧。大家也都有過這種經驗吧，想回家，想回媽媽身邊。」

「牠想找爸爸、媽媽和朋友，好可憐喔。」

河本看著小牛的臉，很不捨的說。

對啊，牠自己一個，好孤單喔。

真優想著，胸口一熱。老師總是說要體會「小牛的心情」，但真優發現到現在為止，她都只想到自己。

老師說由於母牛要供應人們鮮乳，所以小牛只有在出生的第一天，能直接喝媽媽的奶。光是這樣，小牛就已經夠可憐了，更何況還離開同伴，獨自來到這裡，這該有多孤單哪！

「寶寶，對不起。我之前只會嫌你很臭、很髒，都沒想到你的心情……」

真優伸出手，靜靜的摸著小牛的背。

「哇，怕牛的真優竟然摸寶寶了吔。」

河本睜大眼睛。

小牛不知道是因為看到田川先生而感到安心，還是體會到真優的心情，細瘦的前腳突然伸直，接著以四隻腳用力撐起身體，慢慢、慢

慢的站起來。

「哇，寶寶站起來了。」

「寶寶沒事，太好了！」

直也、河本和真優三個互相擊掌，高興得又叫又跳。

田川先生摸著小牛的頭，不斷說著：「好乖、好乖。」

小牛輕輕搖著細細的尾巴，看著牛舍外的天空，「哞——」發出了響亮的叫聲。

6 我討厭真優

八月十八日，是開學的第一天。

老師的臉上堆滿笑容，看起來心情很好，跟放假前擔心的模樣，差了十萬八千里。

「大家暑假過得好不好？」

「好。」大夥兒馬上大聲回答。

「有沒有發生什麼事？」老師繼續問。

「沒有。」

「那真是太好了。大家把小牛照顧得很好，讓老師很放心。田川先生也一直誇獎你們，還說照這樣下去，一直到十一月，都不會有問題的。」

「哇！太棒了。」

「吔！」

在大家的歡呼聲中，直也站起來說：

「不管誰有什麼問題，都可以找大家討論。只要大家一起想辦法，什麼都能解決的啦。老師，你說對吧？」

老師瞪大眼睛，盯著直也晒得黑黝黝的臉龐。

「直也，真沒想到你會講出這麼有道理的話。」

老師似乎好不容易才擠出這句話，接著笑得眼角滿是皺紋，更把直也原本就亂糟糟的頭髮揉得更亂。

「沒錯，直也說得對極了。只要大家一起努力，沒有什麼事做不到。直也從照顧小牛的過程中學到很多呢，太了不起了。」

真優的心中暖暖的，臉上露出輕鬆的笑容。

開學這天還不用上課。簡單的打掃，舉辦過「開業式」之後，大家迫不及待的衝向牛舍，打算看看小牛後再回家。

真優也跟著大家往牛舍跑去。他們到達時，看到田川先生已經在那兒。之前，田川先生都是下午才來，今天卻在早上就出現了。

直也開心的跑過去，但馬上換了一副表情，著急的問：

「你怎麼現在就來了……該不會是要帶寶寶回去吧？」

田川先生好像覺得很滑稽，「哈、哈、哈」的仰頭大笑。

「沒這回事。今天不是開學第一天嗎？我該來換新稻草啦，還要來看看寶寶長大多少。還有，我也很想看看大家呀，所以就提早來了。」

「要量寶寶長大多少嗎？」

「是啊，牠從出生到今天，剛好兩個半月。」

「哇！要幫寶寶量身高體重吔。」

大家都樂壞了。真優也覺得很有趣，不過，一想起四天前值班的

情形，就開始有點擔心，寶寶的成長狀況不知道好不好。而且，真優也注意到，他們全班都來了，就少美季一個。美季到學校後，一直沒開口說話。

早上上學途中，真優很反常的吱吱喳喳說個不停。她跟美季說起自己和河本兩人值班那天的事；說起小牛看起來精神很差，讓她很擔心；說起河本連絡了老師，老師卻不在，害她不知道怎麼辦，因此打電話給直也。

「直也很快就跑來了，還打電話請田川先生過來，幸好這樣，我們才知道寶寶只是想家，不是生了什麼大病。寶寶看起來雖然很大，卻還是小孩子。我知道牠想家以後，就覺得牠好可憐喔。隔天我又跑

去看牠，直也也去了。直也心地很善良，對寶寶很好，看他寫的值班紀錄就知道……」

一直靜靜聽著的美季，突然插嘴說：

「真優，妳喜歡上直也了嗎？」

「嗄？喜歡直也……我……我才沒呢！」

突然被說喜歡上直也，真優拚命的否認。美季卻依然一副冷冰冰的模樣。

「那個傢伙眼中根本只有自己，不管別人，妳不是很討厭他嗎？妳很討厭他，卻又打電話給他，還說他心地很善良……這不是很奇怪嗎？是啦，他最近好像比較認真一點……不過，妳這樣未免也太奇怪

了吧！」

要是以往，美季都會說：「是這樣啊，嗯，我知道了。」現在，她卻以質問的眼神，講了一堆帶刺的話。

「那牛呢？妳已經不怕牛了嗎？已經不覺得牛很臭了嗎？」

「沒有哇，我還是很怕，也很討厭那個味道……我也搞不清楚自己是怎麼了。」

真優回想起那天，好像因為擔心小牛，不知不覺中，就把「牛很臭」這件事給拋在腦後。

美季為什麼連這種事也覺得生氣呢？

「真優變了，變了很多……總而言之，我不可能喜歡牛。我討厭

牛，更討厭真也！」

美季說著，就跑走了。

真優怎麼也搞不懂美季為什麼生氣。但是，她卻覺得自己好像被美季直接吼道：「我也最討厭真優了啦！」

田川先生從口袋裡拿出捲尺，說：

「你們誰幫我記一下？」

他才說完，大家全掏出筆記本。儘管只需要一個人，但所有人都希望由自己記下小牛的成長紀錄。

田川先生看到這個情形，一邊笑，一邊熟練的開始測量。

牛的身高是由地面到牠肩膀的高度；寶寶的身高有八十七公分，和真優的胸圍差不多。用捲尺圈起牛隻前腳後端的身體，就可以量出胸圍；寶寶的胸圍有九十公分。

「嗯，這樣體重就是七十公斤。」

田川先生這麼一說，正在筆記本上寫得沙沙作響的直也，突然發火了。

「這也太混了吧，都沒用體重計量。田川先生，你不要這麼混好不好。」

不過，經過田川先生說明，大家就懂了。只要用牛隻專用的捲尺量出胸圍，就能大概知道牛有多重。

「牛的體型很大，用體重計量太不方便了，所以才會有這種專用捲尺。」

田川先生打開角落已經磨得破破爛爛的記事本。

「這個小傢伙出生時是四十三公斤。這樣重了多少呢？」

「二十七公斤……才兩個半月就重這麼多！比我弟弟長得要快多了！」

不曉得是誰發出嚇人的叫聲。

「不會吧！接下來每個月也會這樣一直長、一直長嗎？」

「如果是牛那還好，要是我，我可不要。人如果一個月胖二十七公斤，那太可怕了。」

田川先生的記事本上，寫著出生時和出生一個月後的紀錄。大家笑笑鬧鬧的看著，感到既驚訝又有趣。

在不知不覺中，小牛漸漸長大了。真優想起美季說「真優變了」。剛才老師也問大家有沒有發生什麼事，說不定很多事都悄悄發生了。

其中有好事，也有不想發生卻偏偏發生的事。然而，真優還是希望能和美季繼續當好朋友。

第二天的班會，有人提出：剩下的三個月，每個月第二天，都要幫寶寶做測量。

「喂，這是我要提的吔，竟然被你先說了……」

被別人搶走發言先機的直也，儘管一副不甘心的模樣，還是第一

個舉手贊成。

大家還決議將測量結果製成圖表。老師很高興的說：

「太好了，我們才剛學過長條圖，所以大家不要只在表格上填數字，最好能繪製圖表。這樣小牛的成長就一目了然了。」

直也又露出不高興的表情，轉頭問真優：

「喂，妳知道什麼是長條圖嗎？教我一下吧。」

早上剛剛重排坐位，真優現在坐在直也的斜後方。原本真優以為這樣就能安心上課，沒想到直也還是一有事就煩她。

不過，真優已經不像之前那麼討厭直也，甚至在他需要協助時，會想幫他。

「老師在教長條圖的時候，因為跟牛沒關係，你就不肯好好聽。上課不專心，下場就是這樣。」

真優唸了直也幾句，並跟他約好午休時教他。

教室裡顯得既和諧又充滿生氣，和四月時大不相同。

不過，一直到第二天，美季對真優還是冷冰冰的。通常她們鬧彆扭，總是很快就沒事了，但這次，美季一碰到真優的視線，就故意表現出跟別的同學很要好的模樣。

就連真優的媽媽也發現不對勁，有點擔心的問：

「這兩天我都沒看到美季，出了什麼事？妳們吵架了嗎？」

真優無精打采的搖搖頭。她們沒有吵架，真優認為美季只是對小

牛和直也的事，有些誤會而已。要是好好跟美季解釋，誤會一定會冰釋。然而，不管是早上上學，或是到學校後，美季都離真優遠遠的，只跟其他的同學說笑。

真優很期待他們的值班日趕快到。每隔十天，同一組人會再次輪到照顧小牛。距離八月二十四日還有好幾天呢。真優祈禱著那天能跟美季說到話，解開心結。

八月二十四日總算到了。由於不是暑假，而是開學期間，所以沒有很充裕的時間，必須早點開始工作。

真優很勉強的和河本他們一起開始打掃。然而，她始終定不下心來，不停看著靠在運動場柵欄上的美季。

「美季，雖然很臭，但忍一下就過去了，跟我們一起進來打掃，好嗎？」

剛剛真優鼓起勇氣對美季說，美季卻沒理她。

「喂，妳到底想怎樣？妳值班吔，多少也要幫點忙吧。」

河本火大了，凶巴巴的說。但美季還是一副事不關己的模樣。

「好了，說了也是白說，別管她。我們得快點開始，要不然會來不及。」

河本和真優聽敏樹這麼說，也就放棄了。

三個人一起打掃、提水、餵飼料，最後將髒東西用單輪搬運車運走。敏樹推著單輪搬運車，河本和真優靜靜的跟在後面。

下午值班時，準備回家的低年級生和高年級生，很好奇的跑來東看西看，讓三個人都有點緊張。

大多數的人都靜靜的看著，偶爾說句「好可愛喔」。但也有高年級生，瞪著值班的人，說：「不過是三年級的小傢伙嘛，養隻牛，就這麼臭屁啊？」

更有孩子踢著牛舍的柱子。

不過，三年二班的男生很快就注意到不對勁，由直也帶著好幾個人到牛舍前守著。

「不要吵！要看請安靜的看。」

「喂，請不要突然用手指去戳牠。小牛很膽小，會嚇到的。」

「拜託講話不要那麼大聲好不好？」

美季不知道在什麼時候，跑到小倉庫前方，看著直也他們。

真優忍不住注意著美季的一舉一動，直到河本說：

「敏樹，差不多要為寶寶刷毛了喔。」

真優才突然在心中發出驚叫：

刷毛！糟了……我應該不行吧……

毛刷只有兩把。河本似乎從一開始就認定真優不敢為寶寶刷毛。

真優則很掙扎。

前一次值班，她不知不覺摸了小牛的背，當時溫暖的感覺還一直留在手中，這讓真優覺得自己應該做得到。

（加油……試試看……可是還是好可怕喔……）

外頭突然傳來嘶吼聲。

「不可以！不可以隨便給小牛吃東西，剛剛不是說過了嗎？」

真優驚訝的往外看，看到兩個個子很高，應該是六年級的男生，從包包裡拿出營養午餐剩下的麵包，遞到小牛那兒。

直也為了制止他們，拚命的大吼：

「牛的腸胃很脆弱，很容易拉肚子，所以不管是飼料的份量或是吃飯的時間，都要固定才行。拜託你們不要亂餵好不好！」

「少囉唆，這麼點麵包，吃了會怎樣啊？」

那兩個男生一個穿著鬆鬆垮垮的長T恤，一個斜戴棒球帽，低頭

看著直也，直也則抬頭瞪著他們。

一起守著牛舍的其他孩子也靠過去，七嘴八舌的說：

「不管是麵包還是別的東西，不行就是不行，請你們別破壞規矩。」

「這是三年二班養的牛，請你們不要多管閒事。」

直也也說：

「你們六年級了，還這麼不守規矩！不守規矩，就不要來看我們的牛！」

穿長T恤的男生突然舉起手，戳了直也的額頭一下。

「個子小小的，口氣倒很大。你們還不是跑去看六年級養的鴨子

和綿羊嗎？我們愛來就來，你們管不著！」

「對啊，別以為你們養牛，就了不起！」

戴棒球帽的男生壓住直也的肩膀。

其他的孩子嚇到了，不敢出聲，直也卻沒有退卻。

「這是什麼話！要是小牛生病了，那怎麼辦？小牛又沒做壞事，卻因為你們不守規矩而生病，那不是太可憐了嗎？到時候牠生病，你們兩個要負責喔！」

「這傢伙真過分，竟然指著我們說：『你們兩個』！」

那兩個六年級男生好像被惹火了。

直也被他們踢了一腳，滿臉汗水、淚水、鼻涕的對他們喊：

「你們這兩個傢伙不要再來了，永遠不要再來了！」

河本和敏樹嚇呆了，真優則忍不住說：

「我去找老師來。」

當她要跑出去時，卻聽到美季的聲音。

「住手！你們竟然欺負年紀比你們小的人，實在太差勁了！」

美季說著，走到直也旁邊，一邊幫他撢掉褲子和襯衫上的泥土，並對著遠遠觀望的二班同學說：

「你們也很差勁吔，為什麼不幫直也呢？大家不是說好要互相幫忙的嗎？」

從剛剛到現在，一直看著事情發展的男孩子們面面相覷，其中一

個被美季這麼一凶，戰戰兢兢的對那兩個六年級男生說：

「不要亂給小牛東西吃，也不要亂打人。」

其他孩子也紛紛跟著說：

「不守規矩，就沒有資格養動物。」

「像你們這樣，最好不要再來了，到別的地方去吧。」

那兩個男生被大家圍攻，「哼」了一聲，悻悻然離開了。

真優鬆了一口氣，又覺得心裡暖暖的。直也和美季都很勇敢的面對可怕的高年級男生，要是自己一定辦不到吧。

真優正想著，敏樹拍拍她的肩膀。

「妳要刷毛嗎？如果要就快點，如果不敢，就由我來刷。把刷子

給我！」

「咦？我……」

真優這才注意到自己不知道在什麼時候，把刷子緊緊握在手裡。

真優咬緊牙根。儘管心臟怦怦跳個不停，她卻毅然決然把手放在寶寶的背上。微微的暖意傳到她的手中，真優忘我的開始替寶寶刷起背來。

做完所有工作後，四周一片寂靜，美季不知道什麼時候跑走了。今天又沒辦法跟她說到話了。真優獨自向校門走去，心裡像有個洞。

沒想到，她一出校門，竟然發現美季站在那兒。

美季一看到真優，就走過去，有點不好意思的低下頭。

「真優，對不起，都是我不好。我知道自己錯了。」

「沒有啦，美季，本來就沒事。」

真優高興得只說得出這些話。

美季像往常一樣，開始說起昨晚看了哪些電視節目，走下斜坡後，才提起開學那天的事。她說她聽了真優的話，覺得自己好像被孤立了。

「誰叫真優和最討厭的直也、最可怕的牛，都變成好朋友，害我不知道怎麼辦才好。」

之前都是真優遇到問題，美季跟她說，「沒關係，我來幫妳。」現在真優卻有了被美季依賴的感覺，因此感到很開心。

「而且真優好像有了新朋友，就不理我了……我自己一個，好孤單喔。」

不過，由於剛剛發生那些事，美季有了不一樣的看法。

「我覺得直也很了不起，一直努力要照顧小牛的真優也很了不起……倒是我，明明跟妳約好了，卻沒有出現……其實是因為我很不想去，才假裝有事，故意不去的。我給妳製造很多麻煩，卻還這樣對妳……」

「啪！」美季踢開一顆石頭，又說了一次「對不起」。

「真的已經沒事了啦。」

真優搖搖頭，直視著美季的臉說：

「美季也很了不起。妳這麼勇敢，連我都嚇了一跳呢。」

美季害羞卻又開心的呵呵笑了。

7 寶寶，再見

原本大家想自己進行測量，卻擔心抓不到要領，弄傷小牛，最後還是請田川先生出馬。

小牛的身高、胸圍、體重，分別製成三張長條圖，貼在教室的布告欄上。長條圖的縱向表測量結果，橫向表月份。可惜的是，寶寶在出生滿一個月測量後，一直到滿兩個半月才測量，所以少了滿兩個月的測量結果。

每張長條圖的橘色線條都往上走，特別是體重的成長很是驚人，九月二日是七十八公斤，比半個月前重八公斤，到了十月，更重達九十四公斤。

由於覺得很複雜，直也一直記不住怎麼看長條圖，所以偷懶只看線條；反正只要線條往上走，就知道小牛長大了。不過，最近真優很有耐心的教他，他總算可以解讀圖表上的數字了。

直也和真優還變得無話不談，兩人也會一起到牛舍去。

「妳啊，一直說很怕、很怕，當然什麼都不敢啦。有什麼好怕的嘛，伸出手來讓寶寶舔舔看，只要伸出手，保證妳會發現沒什麼好怕的。牛的嘴巴上方又沒牙齒，就算被咬也不會怎樣啊。伸出手來試試

看嘛。」

直也說著，就去拉真優的手。

（我才不想被直也說什麼都不敢呢。）

真優一邊在心裡嘟噥，一邊戰戰兢兢的伸出手，但最後還是失敗了。她嚇得發抖，慌忙的縮回手。

但真優心中很想讓小牛舔舔看。「刷毛的時候，你舔了我一下，你的舌頭熱熱的，我開心死了。」她一直記得直也在值班紀錄上寫的這段話。

真優值班時，悄悄跟小牛約好：

「雖然現在還不行，但有一天我一定會讓你舔舔我的手。」

小牛的頭緩緩的靠近真優。真優的心臟猛的跳了一下，卻沒有嚇得往外跑。真優感覺小牛的眼睛似乎看進她的內心深處。

寶寶也許是用眼神來代替說話……嗯，一定是的。

寶寶現在可能對真優說：「真優，我知道妳在想什麼。」真優發現，自己很溫柔的對小牛說話，小牛就很溫柔的回應她，所以根本用不著害怕。

然而，對真優來說，直到現在才跟小牛變成朋友，似乎有點晚了。很快的，寶寶就要離開。

「好可惜喔，要是能早一點跟寶寶變成朋友不知有多好。」

「真是的，只到十一月，要是能養久一點，就好了。」

真優跟美季這麼聊著，卻改變不了事實。

真優決定在寶寶離開之前，要跟牠說很多、很多話，當作以後的回憶。

就連為寶寶畫畫，真優也跟直也搶著跑到牛舍最前面。

「真優，跑這麼前面，會被寶寶的口水噴到喔。」

美季跟真優開玩笑的說，真優卻一點也不在意。

「才不會呢，寶寶才不會這樣呢。」

真優說著，連忙開始為寶寶素描。

小牛白色的身體上，像打翻墨汁似的散布著一塊塊黑色的斑點，輕輕晃動的耳朵，動個不停的嘴巴，注視著真優的溫柔眼睛。

仔細觀察後，才發現小牛變了很多，四條腿都長粗了；體型也壯多了；原本稀稀疏疏的毛在不知不覺中，變得很濃密，再也看不到粉紅色的皮膚。寶寶已經不再是小牛了。

真優想精確的畫下小牛的模樣，所以對著小牛一看再看。真優旁邊的直也也靜靜的畫著。只不過，他並沒有和真優一樣，因為搶到看得最清楚的位置，而不停的觀察小牛。

「直也到底有沒有好好畫呀？」

真優想著，往直也的紙上看了一眼。直也畫了一頭好大的牛，大得好像要超出圖畫紙了。

直也畫的不是小牛，而是寶寶長大後所變成的母牛吧。強壯的四

邊形身體，胸部有著大大的三角形乳房。牛背還坐著兩個小孩，開心的揮著手。

前面穿著黃色T恤的小孩，戴著和田川先生一樣的草帽，後面應該是個女孩，穿著棕色的裙子。藍色的天空、綠色的草地，都用蠟筆塗得亂糟糟的。雖然畫得很亂，卻是一張很快樂的圖畫，讓人看了還想再看。

「直也，你畫得很棒哦。」

平常要是被誇獎，就會洋洋得意起來，但這回，直也卻沒有露出高興的表情。

「喔，是嗎？」

他只說了這麼一句，就好像時間所剩不多似的，繼續塗著顏色。

直也真的變了很多。

「喂，這個除法這樣算對嗎？」

真優問他為什麼要學除法，他說：

「牧場裡有很多牛，每天要給多少飼料，一定要算得很精準。我現在已經學會長條圖了，但為了寫日記，還要背生字。哎，真的很辛苦吔。」

他一副當定田川先生徒弟的模樣。

「喔，這的確比當博士更辛苦呢。」

真優開了小小的玩笑，直也露出驚訝的表情說：

「妳呀，照顧寶寶這麼久了，還搞不清楚狀況嗎？沒錯啦，當博士做研究是很好，但牧場的工作要花更多精神呢。要在青貯倉（用來貯藏家畜冬季所需青草類飼料的倉庫）裡製作飼料，要擔心牛有沒有生病，還要擠牛奶、打掃，牧場裡還有一堆事要準備。很多東西不學哪行啊？妳也要好好的學，要不然長大以後怎麼辦呢？」

真優忍不住笑了出來。

然而，直也還是一樣愛管閒事、愛生氣。不管什麼事，總是搶著說：「我！我！我來做！」

上課上得很煩時，也還是會惡作劇。不過，只要有人對他說：

「寶寶最討厭欺負別人的直也了。」

他馬上就停止惡作劇。

真優覺得，插班生寶寶為三年二班帶來了很多好事。

跟牧場講好的四個月期限，一轉眼就過去了。當早晚溫差變得很大時，就已經到了十一月底。後天，寶寶就要回到有很多同伴的青野村乳牛中心。

今天，大夥兒比預定的時間提早兩天，替寶寶做出生後第六個月的測量，也是他們為牠做的最後一次測量。

寶寶的腹部那一帶變胖了，臉形也更有稜有角，看起來就像一頭大牛。

田川先生為了趕走悲傷的氣氛，用開朗的聲音說：

「這是最後一次了。在最後一次，有人想量量看嗎？有沒有？」

很多人搶著舉手，老師連忙做籤讓大家抽。

直也沒有抽中，嘟起嘴巴，就像是真優的錯似的，氣呼呼的說：

「搞什麼嘛，竟然沒抽到，這是最後的機會……」

然而，除了這樣，他並沒有多抱怨。

在大家的注視下，抽中籤的吉山從田川先生手中接過捲尺，量出小牛的身高是一百一十二公分。這已經高過真優的肩膀了。

接著是量胸圍。美季幸運的抽中，她對真優比一個勝利的手勢。

然而，實際進行起來卻很不順利。也許小牛知道幫牠量的人不是田川

先生，所以一被捲尺圈住，就不高興的蹬起腿來。當美季要開始量時，牠更往外逃。

「啊，怎麼辦？牠不讓我量……」好強的美季急得快哭了，就在這時，敏樹跑過去，輕輕拍著小牛的背。

「沒事，沒事，別害怕，馬上就好了。」小牛像撒嬌般的用鼻子蹭著敏樹的衣服。直也趁機從美季手中拿過捲尺，迅速的做了測量。

「胸圍一百三十三公分，所以體重是一百五十六公斤。」直也洋洋得意的喊著，大夥兒拍起手來。

「哇！成功！吔！太棒了！」

小牛剛到三年二班時，只有五十二公斤。能將牠養得這麼壯，大家都好開心；而敏樹和直也一瞬間的完美合作，也棒透了。

在後頭看著這一切的老師，感觸很深的說：

「到下個月，寶寶應該會長到一百八十公斤，飼料也得吃上雙倍。所以現在正是讓牠回牧場的時候了。雖然養牠的過程中發生過許多事，但一切都很值得，非常值得。」

老師像是說給自己聽似的，顯得很落寞。

明天寶寶就要離開了。

晚上，電視上播著真優最喜歡的卡通影片，她卻沒心思看，只是靠在椅子上發呆。

「這孩子真奇怪，不是說怕得要命，討厭得要命嗎？」

正在準備晚餐的媽媽，看到真優垂頭喪氣的模樣，笑著說道。

媽媽並沒有惡意，真優卻忍不住大吼：

「妳亂講！妳根本什麼都不知道。人家都難過死了，妳竟然還笑得出來！這是什麼媽媽嘛？」

真優這一喊，忍了半天的眼淚也撲簌、撲簌掉個不停。

媽媽的聲音也大起來了：

「哭有什麼用？牛再怎麼可愛，也不能永遠和妳在一起。等妳畢

了業，也一樣要跟朋友分開呀。」

「這不用妳講，我也知道。」

儘管知道許多事不能避免，但真優還是希望能有人了解她落寞的心情。

然而，今天美季卻說了和媽媽一樣的話：

「真優，講好的事就是講好的事，沒辦法就是沒辦法了啦。」

美季還說：

「而且不用再值班，早上和放學後，我們就可以好好玩個夠。對了，寶寶的運動場很適合玩跳繩吔。」

美季想要讓沮喪的真優振作起來，但真優卻愈來愈提不起勁。

（我當然知道沒辦法……可是要分開了，大家難道不難過嗎？）

真優想著，突然從椅子上站起來，跑到電話前。她有點遲疑，但最後還是毅然決然撥了電話號碼。

（三、六、八……）

這是真優第二次打這個電話。可能成為田川先生徒弟的直也，也許能了解真優的心情吧。

「喂，這是石田家。」

真優一聽到直也的聲音，就覺得有好多話想說，但因為不知道怎麼說，所以一直沒出聲。直也並沒有凶巴巴的對她說「要說什麼快說啦」，反而靜靜的等著。

「嗯，就是……寶寶明天要回牧場了……」

「……」

「雖然牠還待在牛舍裡，可是牛舍很快就會變得空蕩蕩的……那樣一定很冷清。直也那麼喜歡寶寶……」

「……」

直也一句話都沒說。真優想到他可能比自己更傷心，又忍不住掉下眼淚。

真優也沒再說話，聽筒裡靜悄悄的，突然，從直也那頭，傳來像平常一樣很大的說話聲：

「老師不是說了嗎？因為有很多原因，所以講好明天要送寶寶回

去。這也是沒辦法的事。我們跟人家約好的事情就一定要做到。再怎麼難過也要忍耐。」

真優很訝異，直也竟然跟美季、媽媽說出同樣的話。她更忍不住想：自己幹嘛打這通電話呀！

真優的心情愈來愈低落，直也放低音量說：

「不過呢，我有件好事要告訴妳。但這是祕密，我只跟妳說，不要告訴別人喔。」

「只跟我說？」

「啊，因為妳多少也幫過我一些忙嘛。簡單一句話，如果妳想跟寶寶見面，我可以帶妳去。」

「咦？去看寶寶？去牧場嗎？青野村的……」

真優很驚訝，直也卻理所當然的說：

「誰叫我一定得去嘛！我不是跟校長約好要請他喝牛奶的嗎？所以等寶寶可以擠牛奶時，我就要去。」

「什麼時候？寶寶什麼時候可以擠牛奶？」

「田川先生說等過了明年，然後再不久，就可以了。」

「那還很久嘛，那時候我們都五年級了……」

儘管有氣無力，真優還是問：

「可是，我們怎麼知道寶寶可以擠牛奶了？」

「當然是問田川先生啦！妳忘了我要當他的徒弟嗎？」

真優聽了，總算笑了出來。

這一笑，心中的陰霾也散了，真優更想起先前直也的畫。戴著草帽坐在牛背上的難道是直也嗎？而那個女孩說不定就是她自己呢。

真優心想，她一定要跟直也到牧場去。

「直也，之前我在餵寶寶

時，寶寶親了我的手指一下，嚇了我一跳呢。」

「咦，不錯嘛，雖然很癢，但感覺很棒吧？」

「嗯，我好高興喔。所以你一定要帶我去，一定喔。」

「我不會說話不算話的啦，約定就是約定。」

現在直也已經可以說出「約定」這樣的字眼了。約定，就是說了一定要做到的意思。真優「嗯」的應了一聲，並點點頭。

明天，他們要寫一封道別信給寶寶。真優想跟寶寶說對不起，也想寫下很多快樂的點點滴滴。要寫的好多、好多，但最後一定不能忘了寫：

「寶寶，有一天我一定會去看你的。請不要忘了三年二班，也不要忘了我。還有，要健健康康的長大喔。」

真優這麼決定。

作品賞析

小孩動物一家親

凌拂

作者木村節子在故事緣起裡說：動物不是玩具，牠們有感情、有生命，既然飼養，就要擔負責任。她說她是懷著這樣的想法，寫了這個故事。

而我讀這個故事，對作者掌握現場實境之深入、細膩與熟悉，幾乎讓我以為作者就是第一現場的目擊者。情境伴隨著生活開展，故事油然而生，油然而起，自然貼入肌理，那種微細處，婉轉展現的臨場感，時而讓我以為創

作者就是參與者，她同時既是教師，亦是其中票選牛隻的三年二班組員。這個故事不斷喚醒我曾經的經驗，它與我的教學現場多麼相似。經驗學習來自於最真實的生活，沒有比這個更深刻的了。木村節子懷抱著養育生命的情感與責任，書寫了這個故事；我則感動於孩子的成長、自我學習與改變。教育不是教條的執行，情境的創發可以激勵孩子內在的自律，規範自在其中，這才是令人感動的地方。

故事裡有個搗蛋、愛唱反調，卻深有創意的直也；也有一個本分、規矩，但膽小怯弱的真優。一個喜歡動物，一個討厭動物。班上決定要養一頭牛，可是大事，它挑戰老師，也挑戰班上的四十個孩子。對直也和真優這兩個極度不同的孩子而言，愛有愛的責任，厭也有厭中需要面對的情境，一切都是新的體驗，需要學習。

知識從何而來，按照升學的現況，立竿見影，當然是堆砌、填鴨比較快速。對現在的孩子而言，牛有沒有鬍子，這個答案可能都是來自於電腦與百

科全書，而不是來自於生活與經驗法則吧！知識學得快也忘得快，必然有它欠缺與不切實際的間隙。

牛有幾種顏色？所有的牛都耕田、拉車、擠牛奶嗎？養了牛才知道牛的嘴巴老是動個不停，還直流口水是為什麼？甚至牛尿一泡尿，那麼大的動物，哇，簡直就像消防隊的水管連續噴射一樣……新經驗的產生是學習的動力，一切都是變動的，參與的過程是個酵素，它會慢慢催化，因為新奇、有趣、需要合作，真優改變，直也也會改變，當態度變了，關係也不同了。牛是活的，人是活的，情境也是活的，它之所以有趣，是因為許多突發的現狀得如何因應，完全不是經由設計而來。

當我讀到善忘的直也，對老師交代的細節也能記得清楚，為了替成長的牛測量身高體重，他也願意把數學課沒學會的長條圖認真再學一次……的時候，深深覺得學習如果只是堆砌，知識只是填鴨，那來自孩子心底的潛移

的變動，是不可能發生的。

故事中的孩子，有許多知識和經驗來自於直觀的第一現場，他們寫值班紀錄，敘述觀察所見，都是學習重點。曾經我也在一所田園小學服務，配合課程，孩子們在校園裡養過毛蟲、小雞與兔子，他們一樣分工、觀察並記錄，有許多相似的情境，所寫的動物筆記，情真意足，拙趣所在令人十分感動。我至今重翻，仍覺機趣未鑿，小孩寵幸動物，是因為他們和動物一樣渾然，聚到一塊便是一片爛漫天真，小孩動物一家親，來自生活的探索歲月，孩子應當要一直保留天生的驚奇之心。（本文作者為自然文學作家，國小退休教師）

圖書館出版品預行編目資料

班上養了一頭牛／木村節子（木村セツ子）著；
相澤路得子（相沢るつ子）繪；周姚萍 譯；
──第一 版.──臺北市：遠見天下；2009.11〔民98〕
面； 公分.（文學館；066）
譯自：3年2組は牛を飼います
ISBN 978-986-216-431-0（平裝）

861.59 98018872

小天下
2002年10月創立

班上養了一頭牛

作　　者	木村節子（木村セツ子）
繪　　者	相澤路得子（相沢るつ子）
譯　　者	周姚萍
編輯顧問	林文寶
小天下總編輯	李　黨
責任編輯	江坤山
封面設計／美術編輯	黃淑雅（特約）
出 版 者	遠見天下文化出版股份有限公司
創 辦 人	高希均、王力行
遠見・天下文化・事業群 董事長	高希均
事業群發行人／CEO	王力行
出版事業部總編輯	許耀雲
版權部協理	張紫蘭
法律顧問	理律法律事務所陳長文律師
著作權顧問	魏啟翔律師
社　　址	台北市104松江路93巷1號2樓
讀者服務專線	（02）2662-0012
傳　　真	（02）2662-0007；（02）2662-0009
電子信箱	gkids@cwgv.com.tw
直接郵撥帳號	1326703-6號　遠見天下文化出版股份有限公司
製 版 廠	東豪印刷事業有限公司
印 刷 廠	崇寶彩藝印刷股份有限公司
裝 訂 廠	政春裝訂實業有限公司
登 記 證	局版台業字第2517號
總 經 銷	大和書報圖書有限公司　電話（02）8990-2588
出版日期	2009年11月25日第一版 2014年12月25日第一版第15次印行 定價／220元

原著書名／3年2組は牛を飼います
3-NEN 2-KUMI WA USHI WO KAIMASU

ISBN：978-986-216-431-0
書 號：KL066
小天下網址　http://www.gkids.com.tw